VENTE APRÈS DÉCÈS

Les 23, 24, 25 et 26 Mai 1898

IMPORTANT ET RICHE

MOBILIER

COMMISSAIRES-PRISEURS

Mᶜ A. SOYER | **Mᶜ P. TILORIER**
Rue Boissy-d'Anglas, 23 | Boulevard des Italiens, 9

Paris - 1898

IMPRIMERIE MAULDE ET RENOU

MAULDE, DOUMENC & Cie

IMPRIMEURS DE LA COMPAGNIE DES COMMISSAIRES-PRISEURS

Rue de Rivoli, 144. — Paris

ORDRE DES VACATIONS

Le Lundi 23 Mai

Objets d'étagère, Dentelles, Bijoux, Argenterie
Miniatures, Tableaux, Gravures

Le Mardi 24 Mai

Porcelaines et Faïences, Cristaux, Bronzes, Meubles

Le Mercredi 25 Mai

Livres, Tentures, Tapis, Meubles

Le Jeudi 26 Mai

Vins, Meubles, Objets divers

CONDITIONS DE LA VENTE

Elle sera faite au comptant.

Les Acquéreurs paieront CINQ POUR CENT en sus des enchères.

MAULDE, DOUMENC et Cie, imprimeurs de la Cie des Commissaires-Priseurs,
rue de Rivoli, 144.   1600 - 74306

MEUBLES

VESTIBULES ET ESCALIER D'HONNEUR

GRANDE TABLE, bois noir avec dorures et cuivres à dessus de marbre.

BANQUETTES Louis XVI, bois laqué blanc, recouvertes en velours frappé.

SALLE DE BILLARD

BILLARD en chêne, de POULAIN; Porte-queues, Queues. deux Jeux de billes.

BAHUT avec Étagère en chêne sculpté.

GUÉRIDON octogone en chêne sculpté.

SECRÉTAIRE Empire acajou et bronzes.

COMMODE Louis XV bois de rose et palissandre, ornements en bronze.

FAUTEUILS ET CHAISES recouverts en velours de Gênes, étoffe brochée, tapisseries à la main, étoffe de laine à fleurs et autres.

Glaces biseautés et autres.

VESTIBULE : 1ᵉʳ ÉTAGE

BANQUETTES ET TABOURETS Louis XVI, bois laqué blanc
et imitation tapisserie

TABLE-BUREAU Louis XV, marqueterie de cuivre et
bronzes.

SALLE A MANGER

AMEUBLEMENT EN ACAJOU CIRÉ, composé de : Table ronde,
deux Consoles-Servantes, dix-huit Chaises recouvertes en velours frappé, Table-Etagère.

GRAND SALON

MEUBLE DE SALON (dix pièces) Louis XV, bois doré couvert en tapisserie d'Aubusson.

MEUBLE DE SALON (onze pièces) Louis XV, bois doré re-
couvert en damas de soie rouge.

MEUBLES D'ENTRE-DEUX, bois noir, incrustations cuivre,
garnis de bronzes.

MEUBLE D'ENTRE-DEUX à trois portes, panneaux laqués.

Table-Bouillotte, Vitrine Louis XVI.

Consoles bois doré, Tables.

BERGÈRES A OREILLES bois doré, couvertes en soie brochée.

Chaises bois doré et cannées.

Meubles et Sièges divers.

PETIT SALON

MEUBLE DE SALON (7 pièces) Louis XVI, couvert en tapisserie d'Aubusson.

Chaise longue Louis XV, bois doré, couverte en soie
  brochée.

Bergère Louis XVI recouverte en soie brochée.

Bureau bonheur-du-jour.

Meubles et Sièges divers.

CHAMBRES A COUCHER

Ameublements de chambres a coucher en palissandre et
  bois laqué blanc.

MEUBLES & SIÈGES DIVERS

Armoire et Bureau en marqueterie, Tables, Toilettes,
  Fauteuils et Chaises.

TENTURES

Rideaux et Portières en damas de soie rouge avec bor-
  dures et bandeaux en peluche brochée.

Six Rideaux de fenêtres avec lambrequins en tapisserie
  d'Aubusson.

Rideaux et Tentures diverses.

TAPIS

Tapis d'Orient.

Tapis Haute-Laine fond rose, dont un mesurant 13^m
  sur 7^m.

Tapis de Smyrne.

BRONZES D'ART ET D'AMEUBLEMENT

BEAU VASE, MARBRE ORNÉ DE BRONZES.

DEUX PENDULES Louis XIV, incrustations de cuivre, avec socles et ornements bronze.

CARTEL.

Lustres, Appliques, Candélabres, Appareil pour billard. Suspension.

GARNITURES DE CHEMINÉES ET DE FOYERS.

TABLEAUX

PORTRAITS, PAYSAGES

Gravures et Miniatures

PORCELAINES & FAIENCES

AIGUIÈRE et PLATEAU en ancienne porcelaine de la Chine.

TASSES, SOUCOUPES et THÉIÈRE en porcelaine de Sèvres et de Saxe.

Potiches, Vases, Coupes, Plats et Assiettes en porcelaine et faïences diverses.

OBJETS D'ÉTAGÈRE

ÉVENTAILS, BONBONNIÈRES, BOITES, CRISTAUX.

LIVRES

L'Enfer, de DANTE, *la Sainte-Bible, les Fables de La Fontaine* et autres ouvrages illustrés par Gustave DORÉ.

OUVRAGES DIVERS, littérature et histoire.

DENTELLES

COUPONS DE DENTELLES NOIRES ET BLANCHES : Bruges, Valenciennes, Venise, Irlande, application, point a l'aiguille, Chantilly. Mouchoirs garnis de dentelles.

BIJOUX

BIJOUX ORNÉS DE BRILLANTS ET DE PIERRES DE COULEURS : Broche, Bracelets, Bagues, Épingles de cravates, Montres et Chaînes, Flacons à odeur.

ARGENTERIE

ENVIRON 40 KILOGRAMMES D'ARGENTERIE : Plats, Plateaux, Légumiers, Saucières, Cafetières, Chocolatières, Salières, Carafons, Couverts.

COUTEAUX EN MÉTAL ARGENTÉ.

VAISSELLE ET VERRERIE

CAVE

Environ 1,500 Bouteilles vins divers, blancs et rouges:
Château-Margaux, Château-Donzac, Saint-Estèphe,
Château-Figeac, Barsac, Porto, Malaga.

USTENSILES DE CUISINE

CHAMBRES DE DOMESTIQUES
MEUBLES DIVERS

RED. :

20

0 1 2 3 4 5 6 7 8 9 10